EXPOSITION

AU PROFIT DES

ARTISTES MALHEUREUX.

Février 1847.

VERSAILLES,

IMPRIMERIE DE KLEFER, PLACE D'ARMES, 17,
MAISON DES GONDOLES.

1847

EXPOSITION

AU PROFIT DES

ARTISTES MALHEUREUX.

INVITATION

A aller voir l'Exposition au profit des Artistes malheureux, Hôtel du Cardinal Fesch, rue Saint-Lazare, à Paris.

L'artiste, jusqu'ici, par un destin fatal,
Avait, pour perspective, un lit à l'hôpital ;
Des lettres et des arts c'était le privilége ;
Mais l'esprit fraternel aujourd'hui le protège.
Déjà, depuis deux ans, associés entre eux,
Pour venir au secours de frères malheureux,
Tous les enfants des arts, d'une main bienfaisante,
Versent tous les trois mois une modique rente,
Puis d'artistes choisis, une commission

Essaya, l'an dernier, une exposition,
Où l'on vit réunis des tableaux de mérite,
Mis au jour autrefois par des peintres d'élite,
Mais qui, passés aux mains de possesseurs jaloux,
Enfouis trop long-temps, étaient nouveaux pour nous.
.... Cette idée, on le sait, heureuse et secourable,
Trouva pendant trois mois le public favorable.
Aussi ce grand succès porta-t-il à penser
Qu'on pouvait cette année encor recommencer.
Un hôtel s'est ouvert, la foule qui s'y porte
Donne d'un cœur joyeux ses vingt sous à la porte.
A suivre le public je viens vous engager,
Vous pouvez pour cela, je crois, vous déranger ;
Consacrez-y, Messieurs, votre premier voyage,
Vous jouirez d'abord de maint fort bon ouvrage,
Plus, du plaisir bien doux pour tout noble et bon cœur,
De venir apporter du secours au malheur.
.... Et ne devons-nous pas un peu de bienveillance
A l'artiste vieilli, qui poussa la démence
Jusqu'à sacrifier un avenir certain,
Le métier paternel, objet de son dédain,
Pauvre fou.... pour courir à travers la misère,
Chercher un peu de gloire et l'honneur de vous plaire,
Sans penser que toujours, dans ce sentier glissant,
Funeste loterie, un seul parvient sur cent ?....
Presque tous ces tableaux, signés du nom d'un maître,

Quelques-uns d'entre vous pourront les reconnaître ;
Mais ce n'est point un mal, et vous serez contents
De revoir ces amis, absents depuis long-temps.
Je vais vous les citer, pour qu'à votre visite,
Avertis, vous puissiez les rencontrer de suite.
Un Decamps, le premier se présente aux regards :
C'est le Cimbre vaincu, fuyant de toutes parts ;
Le cruel Marius, l'œil rouge de colère,
Semblable à l'ouragan, les brise contre terre.
.... Je regardais de loin, dans ce confus amas,
Et, malgré mes efforts, je ne distinguais pas.
J'approche, mais ne vois que lignes transversales,
Que bataillons épars, se perdant en spirales,
Et rappelant à l'œil ces dessins nuageux
Donnés par les cailloux qu'on a sciés en deux ;
A force de génie on y trouve une image ;
Mais moi, n'en ayant pas, j'avance davantage
Et veux voir de mes yeux. Enfin, je fais si bien
Et suis si près, qu'alors.... qu'alors je ne vois rien.
.... Pourtant, certaines gens vont du haut de leur tête
Criant que ce Decamps est une œuvre parfaite,
Et qu'après Delacroix, le seul à son niveau,
Cette exposition n'offre rien d'aussi beau.
. . . .
. . . .
Vous verrez de Vernet l'étonnante richesse ;

Il nous fait remonter aux jours de sa jeunesse ;
On a peine à comprendre un aussi grand travail :
C'est Hanau, c'est Valmy, Jemmapes, Montmirail,
Ces premiers échelons de sa gloire naissante ;
C'est la France envahie, écrasée, expirante ;
Ses Chasses, que distingue un élan sans pareil,
Ses Enfants de Paris, ses Bédouins en conseil ;
C'est son frère Philippe, à l'air doux et modeste,
Si simple, si vivant et si vrai dans son geste ;
C'est son dernier tableau, portrait vraiment royal,
Où, suivi de ses fils et comme eux à cheval,
Le Roi sort le premier du château de Versailles.
.... Tous sont dignes du nom du peintre des batailles ;
Et ce nom, c'est un tort que de le lui donner ;
Il classe son talent et semble le borner,
Tandis que sa palette active, universelle,
N'a jamais rencontré rien qui lui fût rebelle.
.... O famille féconde en illustrations !
Tu comptes de talents trois générations !
Car après ton Joseph, le premier de ta race,
Si tu prends du repos pour nous donner Horace,
Si tu faiblis un peu, pourtant tu ne dors pas,
Et Carle a des tableaux dont chacun fait grand cas.
. . . .

Le Gustave Vasa, touchante et noble scène,
Par son air calme et grand, devant lui nous amène ;

C'est, vous le savez tous, le chef-d'œuvre d'Hersent ;
Mais qu'il me soit permis de le dire en passant,
Quand de ce bel ouvrage on connaît la gravure,
On trouve l'aspect faible et gris dans la peinture ;
Et cela vient, je crois, de tons pâles, éteints
Et des divers objets trop également peints.
.... Bien des peintres, au reste, ont cette destinée,
Plus d'une œuvre fait mieux quand elle est burinée ;
Et, si vous remontez à près de deux cents ans,
Quand Lebrun poursuivait ses travaux imposants,
L'Italie, en voyant ses hauts faits d'Alexandre,
Qu'un illustre graveur commençait à répandre,
Chagrine, s'écriait d'un accent maternel :
« Tu n'es plus le premier, ô pauvre Raphaël ! »
Mais quand elle eut pu voir cette couleur rougeâtre,
Que malgré son talent, notre peintre idolâtre,
Elle n'eut plus si peur de ce jeune rival
Et remit Raphaël seul sur son piédestal.
. . . .

Aux œuvres de Gérard cela parfois s'applique ;
Regardez sa Corinne.... altière, poétique,
Elle charme et séduit ; mais ce sujet gravé,
Plus tranquille d'effet et de couleur privé,
Me paraît attrayant plus que cette peinture,
Où quelques tons peu vrais rendent mal la nature.
. . . .

Vous rencontrerez là des artistes fameux,
Qui pendant bien long-temps nous ont occupés d'eux.
David, Gros et Prudhon, Géricault, Gérard, Greuze,
Protègent de leurs noms cette œuvre généreuse ;
Mais ne comparez pas ; on courrait le danger
De se montrer injuste en voulant tout juger :
Les uns ont des tableaux et des pages sévères,
Les autres des croquis, des esquisses légères.
Vous savez que, pour être en tout judicieux,
Dans l'artiste on doit voir ce qu'il a fait de mieux ;
Que l'homme de talent qu'on admire ou qu'on aime,
Peut tomber quelquefois au-dessous de lui-même,
Et qu'il est des travaux d'artistes en renom
Tels.... qu'on les reconnaît seulement par le nom.
Gros, le peintre inspiré, sublime, grandiose,
Étonnant de vigueur, bien souvent se repose,
Et là sont sous vos yeux plusieurs de ses portraits,
Qui, chacun en convient, sont loin d'être parfaits ;
Celui de Zimmermann est pourtant remarquable
Par de superbes mains d'une force admirable,
Comme Gros seul les fait, dont peut s'enorgueillir
L'auteur du Panthéon, de Jaffa, d'Aboukir.
Et sa peste, à propos, là se trouve réduite
Dans ses proportions.... et plus dans son mérite.
C'est l'œuvre de Debay. Notre livret dit bien
Que Gros la retoucha, mais moi je n'en crois rien ;

Ce n'est plus ce tableau palpitant d'énergie,
Où la grandeur partout le dispute à la vie ;
Ce n'est plus cette vraie et solide couleur,
Et Monsieur du livret m'a tout l'air d'un trompeur.
. . . .
Vous pourrez y revoir un bel et triste ouvrage :
Jeanne Grey de nouveau s'offrant à notre hommage ;
Je n'en parlerai pas, car tous nous avons su
Avec quel vif plaisir ce tableau fut reçu.
.... N'allez pas oublier Pic de la Mirandole,
Ni cette Mendiante implorant une obole,
Non plus que deux portraits, Pourtalès et Guizot,
Sur le dernier desquels j'oserai dire un mot.
Le fini précieux que le peintre caresse,
De l'ivoire ou du bois frise la sécheresse,
Et donne à ce portrait un air de froid rhéteur
Que peut-être.... n'a pas l'éminent orateur.
.... En voyant ces portraits, où souvent la peinture
N'a, pour nous attirer, qu'une ingrate nature ;
Puis après ces tableaux, où l'art, le sentiment,
L'invention, l'effet, le goût, l'arrangement,
Par leur réunion sont pour l'artiste habile
Des moyens de nous plaire une source fertile.
On peut croire avec moi que le choix d'un sujet
Pour le peintre est toujours du plus grand intérêt ;
Et beaucoup cependant l'ignorent ou l'oublient :

Aux qualités qu'ils ont sans cesse ils sacrifient.
S'ils sont dessinateurs, ils s'occupent toujours
De modelé puissant ou de nobles contours ;
S'ils aiment la couleur, de riches draperies,
De chairs blondes à l'œil, de métaux, de soieries,
Sans songer que la foule et plus d'un connaisseur
S'arrêtent aux tableaux qui leur touchent le cœur.
J'ai même un ami.... qui, jusqu'à l'extravagance,
Sur ce point important pousse l'indifférence ;
Il peint un homme ou deux, et quand tout est bien fait,
N'ayant plus qu'à vernir, cherche alors son sujet.
. . . .

Tous les goûts auront là de quoi se satisfaire,
Tout amateur des arts est certain de se plaire
Devant tant de trésors qu'on a su réunir ;
Et certes vous voudrez, Messieurs, y revenir.
Du seul Joseph Vernet on compte sept ouvrages,
Marines, ports de mer, effets de paysages ;
Plusieurs beaux Michallon, puis Gudin, Marilhat,
Bonnington et Regnolds, Granet et Brascassat,
Greuze, Vatteau, Charlet, puis une œuvre de maître,
Ce sombre Giaour que l'on voit reparaître
Et qui nous peint si bien le désespoir moral,
Par son geste énergique et son rire fatal.
.... Des mouvements du cœur, poétique interprète,
Ary Scheffer devait peindre bien un poëte ;

Avec quel doux plaisir vous allez en juger,
En face du portrait de notre Béranger.
.... Je le regardais seul, et tandis que s'écoule
Sans l'avoir reconnu, l'insoucieuse foule,
Je me disais tout bas : J'en ai le ferme espoir,
Un jour ces traits chéris chacun voudra les voir;
Peut-être avant cent ans, quand des auteurs pygmées
Auront vu s'affaisser leurs grandes renommées,
Quand de noirs écrivains, de forfaits tout sanglants,
Malgré cinquante écrits et malgré des talents
Prostitués par eux devant la populace,
Seront tous retombés à leur honteuse place,
L'auteur d'un seul volume, un simple chansonnier,
Sera par tous alors proclamé le premier,
Parce qu'on vit sa muse ou naïve ou sublime,
Pour le style toujours garder la même estime,
Et dans la folle joie ou les nobles accents,
Porter toujours au front le cachet du bon sens!
. . . .

Des médailles, enfin, et des miniatures,
Des fenêtres, là-bas, ornent les embrasures;
Ne passez pas devant avec trop de fierté,
Les plus frêles objets ont parfois leur beauté,
Et l'on sait que souvent l'œuvre la plus petite
A, pour les curieux, un immense mérite;
De même que souvent la plus modeste fleur

Saura nous captiver par sa douce senteur.

. . . .

Quelle est donc cette porte étroite et presque close,
Ce chétif cabinet contient-il quelque chose?
Ainsi parle la foule, et sans plus s'assurer,
La paresse la pousse à passer sans entrer.
Mais, grace à moi, Messieurs, ma joie en est extrême,
Plus de danger pour vous que vous fassiez de même;
Maintenant c'est en vain qu'on voudrait vous cacher
Ce séduisant Vanlo qu'on nomme *le Coucher;*
Entrez, dans ce tableau d'un dessin plein de grace,
Par sa fraîche couleur le peintre se surpasse,
Et sans vous fatiguer d'éloges superflus,
Je dirai que c'est peint.... comme l'on ne peint plus.
.... Près d'un lit somptueux, une charmante belle,
Dont les riches atours sont posés auprès d'elle,
Qui pour tout vêtement n'a qu'un simple bonnet,
Tourne la tête et jette un regard satisfait;
Avant de se poser sur la soyeuse couche,
On la voit entr'ouvrir sa souriante bouche,
On croirait qu'elle dit, en s'adressant à nous :
« Vous qui me contemplez, comment me trouvez-vous? »
Oh! charmante trois fois!.... la plus belle statue
N'a jamais rien offert de si doux à la vue
Que ce col fin, ce dos, ces beaux reins, et plus bas,
Ces formes.... dont le nom ne se prononce pas,

Qu'on regarde, pourtant.... pour juger du mérite,
Et même avec plaisir, à moins que d'être hermite.
.... Cependant, on conçoit qu'un conseil éclairé
Ait placé ce tableau dans un lieu retiré ;
De pauvres jeunes gens, fous de ce bel ouvrage,
Dans leurs rêves, peut-être, auraient revu l'image,
Et la fillette un soir, après son oraison,
Dans sa glace eût tenté quelque comparaison.
.... Mais vous, graves soutiens des sciences morales,
Vous tous qu'ont pu calmer les chaînes conjugales,
Dépêchez-vous d'entrer, de voir et de juger,
Ce doit être pour vous un plaisir sans danger.
Enfin, si mon avis trouvait des incrédules,
Si quelques-uns de vous conservaient des scrupules,
Qu'ils songent que toujours la bonne intention
Quoique l'on puisse faire, ennoblit l'action,
Et que la charité, qui nous pousse et nous guide,
Pour nous garder du mal, nous servira d'égide.
.... Et c'est elle aujourd'hui qui me vient animer ;
Car je ne voulais point admirer ou blâmer ;
Je ne prétendais pas, en style poétique,
Faire de ces tableaux une saine critique ;
Mais en vous parlant d'eux, mon plus fervent espoir,
Était de vous donner le désir de les voir.

FIN.